JE ME SENS UN PEU FAIBLE, PANORAMIX !...
NON, OBÉLIX !... TU N'AURAS PAS DE POTION MAGIQUE ! JE T'AI DIT MILLE FOIS QUE TU ÉTAIS TOMBÉ DEDANS ÉTANT PETIT !

Cette nouvelle édition
est dédiée à René Goscinny
disparu il y a 25 ans.

Janvier 2002

GOSCINNY ET UDERZO
PRÉSENTENT
UNE AVENTURE D'ASTÉRIX

ASTÉRIX
ET CLÉOPÂTRE

Texte de **René GOSCINNY** Dessins d'**Albert UDERZO**

hachette
HACHETTE LIVRE - 43, quai de Grenelle, 75905 Paris Cedex 15

www.asterix.com

LA PLUS GRANDE AVENTURE QUI AIT JAMAIS ÉTÉ DESSINÉE

14 LITRES D'ENCRE DE CHINE, 30 PINCEAUX, 62 CRAYONS À MINE GRASSE, 1 CRAYON À MINE DURE, 27 GOMMES À EFFACER, 38 KILOS DE PAPIER, 16 RUBANS DE MACHINE À ÉCRIRE, 2 MACHINES À ÉCRIRE, 67 LITRES DE BIÈRE ONT ÉTÉ NÉCESSAIRES POUR SA RÉALISATION!

Dépôt légal : mai 2010 – Édition 10 – ISBN : 978-2-01-210138-8

Impression et relié en France par Qualibris/Clerc
Loi n° 49956 du 16 juillet 1949 sur les publications destinées à la jeunesse

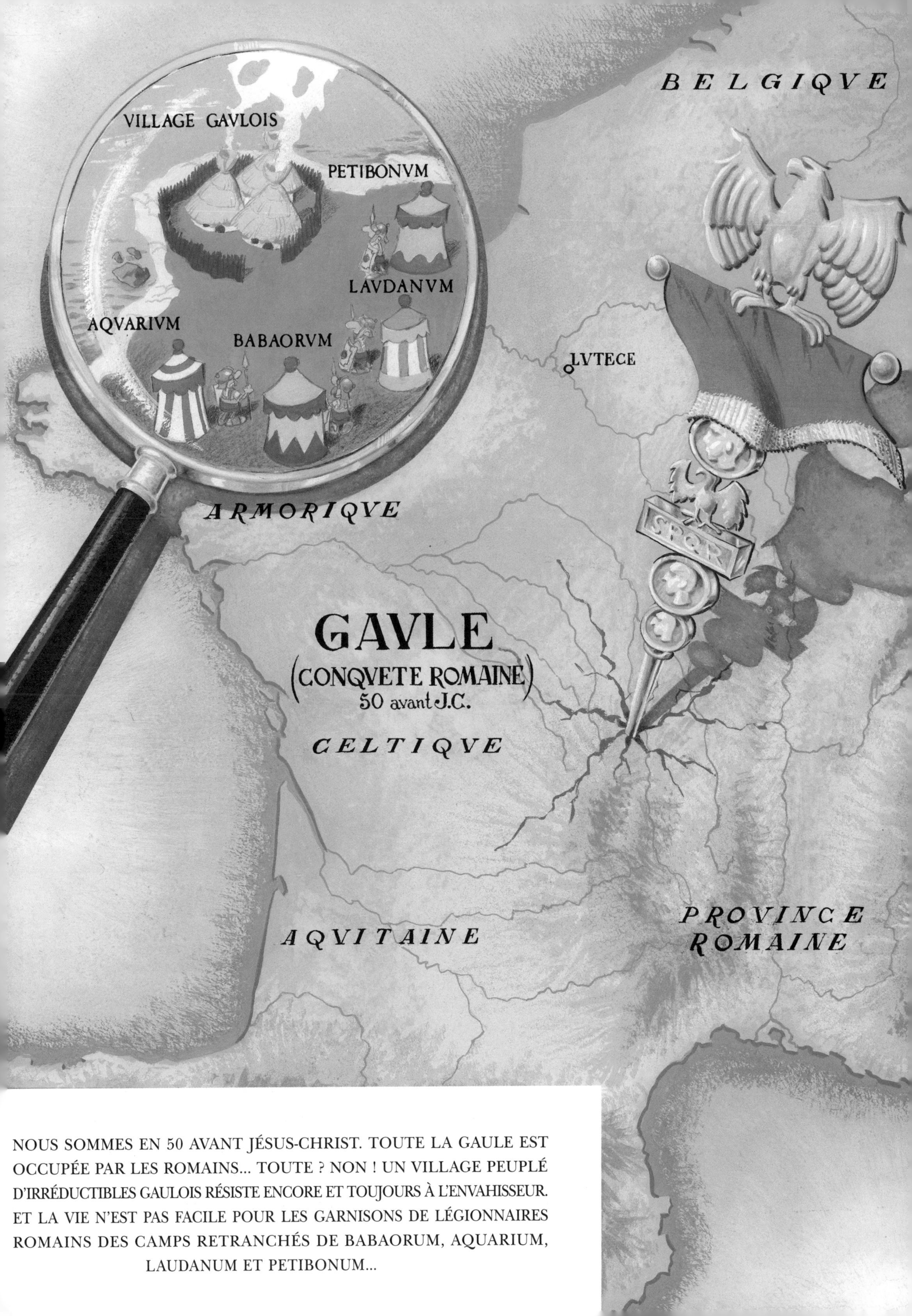
BELGIQVE
VILLAGE GAVLOIS
PETIBONVM
LAVDANVM
AQVARIVM
BABAORVM
LVTECE
SPQR
ARMORIQVE
GAVLE
(CONQVETE ROMAINE)
50 avant J.C.
CELTIQVE
PROVINCE
ROMAINE
AQVITAINE
NOUS SOMMES EN 50 AVANT JÉSUS-CHRIST. TOUTE LA GAULE EST OCCUPÉE PAR LES ROMAINS... TOUTE ? NON ! UN VILLAGE PEUPLÉ D'IRRÉDUCTIBLES GAULOIS RÉSISTE ENCORE ET TOUJOURS À L'ENVAHISSEUR. ET LA VIE N'EST PAS FACILE POUR LES GARNISONS DE LÉGIONNAIRES ROMAINS DES CAMPS RETRANCHÉS DE BABAORUM, AQUARIUM, LAUDANUM ET PETIBONUM...

ASTÉRIX, LE HÉROS DE CES AVENTURES. PETIT GUERRIER À L'ESPRIT MALIN, À L'INTELLIGENCE VIVE, TOUTES LES MISSIONS PÉRILLEUSES LUI SONT CONFIÉES SANS HÉSITATION. ASTÉRIX TIRE SA FORCE SURHUMAINE DE LA POTION MAGIQUE DU DRUIDE PANORAMIX...

OBÉLIX EST L'INSÉPARABLE AMI D'ASTÉRIX. LIVREUR DE MENHIRS DE SON ÉTAT, GRAND AMATEUR DE SANGLIERS ET DE BELLES BAGARRES. OBÉLIX EST PRÊT À TOUT ABANDONNER POUR SUIVRE ASTÉRIX DANS UNE NOUVELLE AVENTURE. IL EST ACCOMPAGNÉ PAR IDÉFIX, LE SEUL CHIEN ÉCOLOGISTE CONNU, QUI HURLE DE DÉSESPOIR QUAND ON ABAT UN ARBRE.

PANORAMIX, LE DRUIDE VÉNÉRABLE DU VILLAGE, CUEILLE LE GUI ET PRÉPARE DES POTIONS MAGIQUES. SA PLUS GRANDE RÉUSSITE EST LA POTION QUI DONNE UNE FORCE SURHUMAINE AU CONSOMMATEUR. MAIS PANORAMIX A D'AUTRES RECETTES EN RÉSERVE...

ASSURANCETOURIX, C'EST LE BARDE. LES OPINIONS SUR SON TALENT SONT PARTAGÉES : LUI, IL TROUVE QU'IL EST GÉNIAL, TOUS LES AUTRES PENSENT QU'IL EST INNOMMABLE. MAIS QUAND IL NE DIT RIEN, C'EST UN GAI COMPAGNON, FORT APPRÉCIÉ...

ABRARACOURCIX, ENFIN, EST LE CHEF DE LA TRIBU. MAJESTUEUX, COURAGEUX, OMBRAGEUX, LE VIEUX GUERRIER EST RESPECTÉ PAR SES HOMMES, CRAINT PAR SES ENNEMIS. ABRARACOURCIX NE CRAINT QU'UNE CHOSE : C'EST QUE LE CIEL LUI TOMBE SUR LA TÊTE, MAIS COMME IL LE DIT LUI-MÊME : "C'EST PAS DEMAIN LA VEILLE !"

ALEXANDRIE, CAPITALE DU ROYAUME D'ÉGYPTE. DANS LE PALAIS DE CLÉOPÂTRE, LA REINE LÉGENDAIRE, CELLE DONT IL A ÉTÉ DIT QUE, SI SON NEZ EÛT ÉTÉ PLUS COURT, IL EÛT CHANGÉ LA FACE DU MONDE...

CE QUE TU DIS LÀ EST INFÂME, Ô CÉSAR !...

IL FAUT SE RENDRE À L'ÉVIDENCE, Ô MA REINE. TON PEUPLE EST DÉCADENT ! IL EST TOUT JUSTE BON À VIVRE SOUS LA DÉPENDANCE DE ROME, DANS UN DEMI-ESCLAVAGE.

MON PEUPLE A CONSTRUIT LES PYRAMIDES ! LA TOUR DE PHAROS ! LES TEMPLES ! LES OBÉLISQUES !
C'EST VIEUX, TOUT ÇA. MAINTENANT, IL EST TOUT JUSTE BON À ATTENDRE LA CRUE DU NIL...

ASSEZ !
CRAC !

JE TE PROUVERAI, MOI, Ô CÉSAR, QUE MON PEUPLE A GARDÉ TOUT SON GÉNIE ! DANS TROIS MOIS, JOUR POUR JOUR, JE T'AURAI FAIT CONSTRUIRE UN PALAIS SOMPTUEUX, ICI, À ALEXANDRIE !

SI TU RÉUSSIS, Ô MA REINE, JE RECONNAÎTRAI QUE MES PAROLES ONT ÉTÉ ERRONÉES, ET QUE TON PEUPLE EST ENCORE UN GRAND PEUPLE !...

... MAIS, J'EN DOUTE !

ELLE EST GENTILLE, MAIS LES ÉPICES LUI MONTENT FACILEMENT AU NEZ...
CRAC !

... QU'ELLE A JOLI D'AILLEURS !

PEU APRÈS...

NOTE : POUR LA COMMODITÉ DE NOS LECTEURS, NOUS VOUS PRÉSENTONS UNE VERSION DOUBLÉE DU DIALOGUE...
NUMÉROBIS, JE T'AI CONVOQUÉ CAR TU ES LE MEILLEUR ARCHITECTE D'ALEXANDRIE... CE QUI N'EST PAS GRAND-CHOSE.

OH !*
*LE MOUVEMENT DES LÈVRES NE CORRESPOND PAS TRÈS BIEN À LA PAROLE CAR, À CETTE LOINTAINE ÉPOQUE, LA TECHNIQUE DU DOUBLAGE N'ÉTAIT PAS ENCORE AU POINT.

NE PROTESTE PAS ! TES CONSTRUCTIONS SONT FRAGILES ! ON ENTEND TOUT CE QUE DISENT LES VOISINS ! LES PLAFONDS S'ÉCROULENT !
C'EST QUE LES MATÉRIAUX MODERNES... ET PUIS MOI, CE QUE J'AIMERAIS FAIRE, CE SONT DES PYRAMIDES ET...

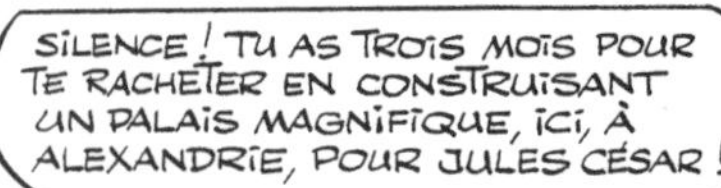
SILENCE ! TU AS TROIS MOIS POUR TE RACHETER EN CONSTRUISANT UN PALAIS MAGNIFIQUE, ICI, À ALEXANDRIE, POUR JULES CÉSAR !

TROIS MOIS ?
SI TU RÉUSSIS, JE TE COUVRIRAI D'OR ; SINON, JE TE JETTERAI AUX CROCODILES ! VA !...

TROIS MOIS !... POUR RÉUSSIR CE TRAVAIL, IL FAUDRAIT QUE J'AIE DES POUVOIRS SURNATURELS ! QUE JE SOIS AIDÉ PAR UN MAGE...

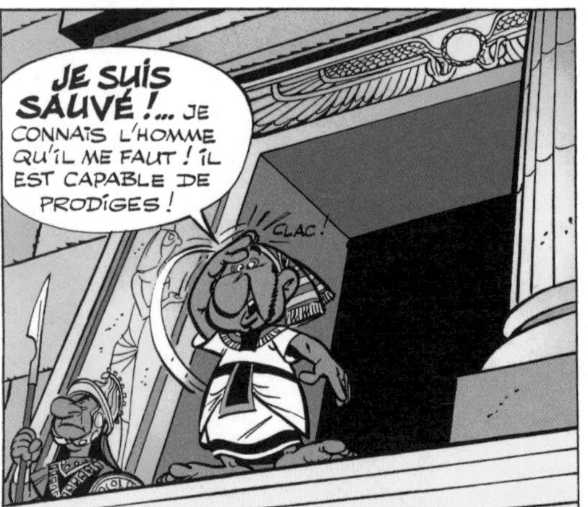
JE SUIS SAUVÉ !... JE CONNAIS L'HOMME QU'IL ME FAUT ! IL EST CAPABLE DE PRODIGES !
CLAC !

TRÈS LOIN DE LÀ, DANS UN PETIT VILLAGE GAULOIS...
CDXXI* ENCORE !... ÇA TIENT DU PRODIGE !
HÉ ! HÉ ! C'EST DU PRODIGE !
ÇA NE PRENDRA JAMAIS CHEZ NOUS, CE JEU ROMAIN...
* 421

LA PAIX QUI RÈGNE DANS LE VILLAGE DES IRRÉDUCTIBLES GAULOIS VA BIENTÔT ÊTRE TROUBLÉE...
JE VAIS LE DRESSER À PORTER DES MENHIRS, CE PETIT CHIEN !...
OUAIS. EN ATTENDANT, VIENS DRESSER LA TABLE POUR MANGER CE GROS SANGLIER.

... PAR L'ARRIVÉE D'UN ÉTRANGE ÉTRANGER...
LE DRUIDE PANORAMIX, JE VOUS PRIE ?...
SUR L'ARBRE, LÀ, EN TRAIN DE CUEILLIR DU GUI.

PANORAMIX ?
OH, QUELLE BONNE SURPRISE !
?!

JE SUIS, MON CHER AMI, TRÈS HEUREUX DE TE VOIR.
C'EST UN ALEXANDRIN.

JE VOUS PRÉSENTE MON AMI NUMÉROBIS, UN ARCHITECTE D'ALEXANDRIE QUE J'AI CONNU AU COURS DE MES VOYAGES.
J'AI FAIT CE LONG TRAJET, Ô PANORAMIX, CAR J'AI BESOIN DE TON AIDE...

JE DOIS CONSTRUIRE UN PALAIS POUR CÉSAR, DANS UN DÉLAI DE TROIS MOIS. FAUTE DE QUOI, CLÉOPÂTRE VA ME JETER AUX CROCODILES !...

...ET SI JE NE SUIS PAS AIDÉ PAR TES POUVOIRS MAGIQUES, JE NE RÉUSSIRAI PAS !
BOUHOUHOUHOU !
ÇA SE MANGE, LES CROCODILES ?...
CHUT, OBÉLIX !

CALME-TOI, NUMÉROBIS. JUSTEMENT, JE VOULAIS ALLER CONSULTER QUELQUES MANUSCRITS DANS LA BIBLIOTHÈQUE D'ALEXANDRIE...

C'EST UNE OCCASION ! JE VAIS T'ACCOMPAGNER EN ÉGYPTE !...
NOUS AUSSI !
PAR OSIRIS ! VOUS DITES VRAI ?...
OUAH !

JE SUIS ARRIVÉ À BORD D'UN NAVIRE QUI NOUS ATTEND SUR LA CÔTE !
LE TEMPS DE FAIRE NOS BAGAGES ET NOS ADIEUX ET NOUS TE SUIVONS !

VIENS, MON PETIT IDÉFIX ; NOUS ALLONS FAIRE UN BEAU VOYAGE !
TU NE VAS PAS L'AMENER AVEC NOUS ?

ET POURQUOI PAS, MONSIEUR ASTÉRIX ?...
PARCE QU'IL EST TROP PETIT POUR ENTREPRENDRE UN PAREIL VOYAGE ! VOILÀ POURQUOI, MONSIEUR OBÉLIX !

ET PUIS L'ÉGYPTE, C'EST LE PAYS DES CHATS. ALORS VA FAIRE TES BAGAGES ET N'EN PARLONS PLUS !
TOUJOURS LA MÊME CHOSE ! MOI JE SUIS LE FAIRE-VALOIR ! LE COMPARSE ! JE N'AI PAS VOIX AU CHAPITRE !

PEU APRÈS...
MES AMIS, VOUS SEREZ LES REPRÉSENTANTS DU GÉNIE GAULOIS SUR LES RIVES DU NIL ! SOYEZ-EN DIGNES, PAR TOUTATIS, ET QUE LE CIEL NE VOUS TOMBE PAS SUR LA TÊTE !
MERCI ET AU REVOIR, Ô ABRARACOURCIX, NOTRE CHEF !
HEP !

HEP !
HMMM ?

NON, TU NE CHANTERAS PAS, ASSURANCETOURIX ! NON, TU NE CHANTERAS PAS !!!
BONG ! BONG ! BONG !

MAIS JE NE VOULAIS PAS CHANTER... JE VOULAIS SIMPLEMENT LUI DIRE QU'IL ME MARCHAIT SUR LE PIED !

PEU APRÈS...
OUAH !
?

C'EST MOI QUI AI ABOYÉ ! PUISQUE JE N'AI PAS LE DROIT DE PARLER, J'ABOIE !
ALLEZ, ESPÈCE DE GROS TÊTU, TU AS GAGNÉ. LAISSE-LE SORTIR DU SAC !
VOICI MON BATEAU, LE NAPADÉLIS.

NOUS POUVONS APPAREILLER, TUMEHÉRIS !
MAIS JE T'ASSURE ASTÉRIX, JE NE SAIS PAS COMMENT IL EST ENTRÉ DANS MON SAC !...
MAIS OUI, MAIS OUI ! AVANCE, TU VAS NOUS FAIRE RATER LA MARÉE.

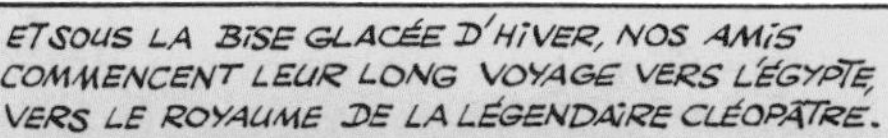
ET SOUS LA BISE GLACÉE D'HIVER, NOS AMIS COMMENCENT LEUR LONG VOYAGE VERS L'ÉGYPTE, VERS LE ROYAUME DE LA LÉGENDAIRE CLÉOPÂTRE.

EN ÉGYPTE, NOUS AURONS À LUTTER CONTRE LE TEMPS, LA MAIN-D'ŒUVRE DÉFAILLANTE, CONTRE LES ROMAINS QUI VOUDRONT NOUS EMPÊCHER DE GAGNER LE PARI DE CLÉOPÂTRE...

ET SURTOUT, CONTRE AMONBOFIS, UN ARCHITECTE CONCURRENT QUI VEUT TOUJOURS ME NUIRE... IL A BEAUCOUP DE TALENTS...
IL EST DOUÉ ?...

NON. IL EST RICHE. IL A BEAUCOUP DE TALENTS D'OR. C'EST LA MONNAIE QUE NOUS UTILISONS.

ET PENDANT LE VOYAGE, IL Y A, BIEN ENTENDU, LE DANGER DES PIRATES !
ÇA, ON S'EN OCCUPE. PAS VRAI, OBÉLIX ?

EN EFFET, NON LOIN DE LÀ...
BON, GARÇONS, POUR OBTENIR CE BATEAU, J'AI DÛ LAISSER MON FILS ERIX EN GARANTIE. ALORS, ATTENTION ! NE TOMBONS PLUS SUR CES GAULOIS. ÉVITONS LES NAVIRES GAULOIS, ROMAINS ET PHÉNICIENS QU'ILS UTILISENT HABITUELLEMENT !

NAVI'E ÉGYPTIEN À T'IBO'D !

PARFAIT ! NOUS ALLONS NOUS REFAIRE ! TOUT LE MONDE AU POSTE D'ABORDAGE !

QUE DIT CE GUETTEUR ?

IL DIT QU'IL Y A UN NAVIRE PIRATE À BÂBORD !
C'EST VRAI ?... C'EST PAS UNE BLAGUE ?!!?

CE SONT EUX, ASTÉRIX ! CE SONT EUX !... YOUHOU ! YOUHOU ! ON ARRIVE !

C'EST PAS VRAI ! C'EST PAS VRAI ! C'EST ENCORE EUX ! FUYONS, S'IL EN EST ENCORE TEMPS !

IL N'EST PLUS TEMPS, CAPITAINE ! ILS SONT PLUS 'APIDES QUE NOUS !... ALO'S QU'EST-CE QU'ON FAIT ?

SABORDONS-NOUS. LE RÉSULTAT SERA LE MÊME ET ÇA NOUS ÉVITERA QUELQUES BAFFES...

PEU APRÈS...
EH BIEN, TU AVAIS DIT QUE NOUS ALLIONS NOUS REFAIRE ET NOUS SOMMES REFAITS. ALEA JACTA EST !
ENCORE UN MOT ET JE TE FAIS AVALER TA PATTE EN BOIS !!!

TRICHEURS ! ÇA VAUT PAS ! MAUVAIS JOUEURS !!!
QUEL PRODIGE ! RIEN QU'EN VOUS VOYANT, LES PIRATES REFUSENT LE COMBAT ET COULENT LEUR PROPRE NAVIRE !
OH, CE SONT DE VIEILLES CONNAIS-SANCES... NOUS ALLONS SOUVENT À LA MER ENSEMBLE !

APRÈS UN LONG ET CALME VOYAGE, UNE NUIT...
QUELLE EST CETTE LUEUR À L'HORIZON, NUMÉROBIS ?
C'EST LA TOUR DE L'ÎLE DE PHAROS, DONT LE FEU GUIDE LES NAVIRES, ASTÉRIX...

NOUS SERONS À ALEXANDRIE DEMAIN.
UNE TOUR POUR GUIDER LES NAVIRES ? ILS SONT FOUS CES ÉGYPTIENS !
C'EST UNE DES MERVEILLES DU MONDE, OBÉLIX !...

LE LENDEMAIN MATIN...
DÈS QUE NOUS AURONS ACCOSTÉ, JE VOUS CONDUIRAI AU PALAIS POUR VOUS PRÉSENTER À LA REINE.

DANS SON PALAIS, LA FASTUEUSE CLÉOPÂTRE SE PRÉPARE À PRENDRE SA COLLATION PRÉFÉRÉE : DES PERLES DISSOUTES DANS DU VINAIGRE.
PAR OSIRIS ! OÙ EST DONC LA PINCE À PERLES ?

TIENS, GOÛTEUR, FAIS TON MÉTIER !
BIEN, MA REINE.
CETTE GOURMANDE A ENCORE MIS QUATRE PERLES DANS SON VINAIGRE !

POUAH ! J'AI HORREUR DU VINAIGRE TROP PERLÉ !

L'ARCHITECTE NUMÉROBIS DEMANDE LA FAVEUR D'UNE AUDIENCE !
QU'IL ENTRE...

Ô MA REINE ! VOICI DES AMIS GAULOIS. UN MAGE PUISSANT ET DES GUERRIERS VALEUREUX QUI VONT M'AIDER DANS MON ENTREPRISE...
¡DÉFIX !
GRRRAOORRR !

BIEN. MAIS FAITES VITE, IL NE VOUS RESTE PLUS BEAUCOUP DE TEMPS ET CÉSAR ME NARGUE TOUS LES JOURS. SI VOUS RÉUSSISSEZ, IL Y AURA DE L'OR POUR TOUT LE MONDE... SINON, LES CROCODILES !

... ET JE TE PRÉVIENS, NUMÉROBIS, AMONBOFIS, TON CONCURRENT, T'EN VEUT BEAUCOUP D'AVOIR ÉTÉ CHOISI À SA PLACE POUR CONSTRUIRE LE PALAIS DE CÉSAR. JE CROIS QU'IL VERRAIT AVEC PLAISIR TA CARRIÈRE FINIR DANS UN CROCODILE. ET MAINTENANT, ALLEZ !

ELLE A L'AIR D'AVOIR MAUVAIS CARACTÈRE, MAIS ELLE A UN JOLI NEZ...
UN TRÈS JOLI NEZ !

JE VOUS EMMÈNE CHEZ MOI...

C'EST TA MAISON, ÇA ?!...
EUH... OUI... C'EST MOI QUI L'AI CONSTRUITE !...

LA PORTE EST ENCORE COINCÉE... J'AI DÛ ME TROMPER EN DESSINANT LES PLANS...
JE VAIS VOUS AIDER.

CRAC !
NON, OBÉLIX !

NE LE GRONDEZ PAS... AU FOND, C'EST BIEN PLUS PRATIQUE COMME ÇA.
POF! POF! POF!

EUH... VOUS FEREZ ATTENTION AUX MARCHES !
J'AI L'IMPRESSION QUE TU AVAIS VRAIMENT BESOIN DE NOTRE AIDE, NUMÉROBIS.

C'EST ICI QUE JE TRAVAILLE... JE VOUS PRÉSENTE MISENPLIS, MON SCRIBE. UN AMI FIDÈLE QUI PARLE TRÈS BIEN VOTRE LANGUE ET TOUTES LES LANGUES VIVANTES : LE LATIN, LE GREC, LE CELTE, ETC.

C'EST UNE BONNE SITUATION ÇA, SCRIBE ?...
OH, C'EST UNE SITUATION ASSISE... ACCROUPIE, PLUTÔT.

ET COMMENT DEVIENT-ON SCRIBE ?
J'AI APPRIS PAR CORRESPONDANCE... UNE TRÈS BONNE ÉCOLE...

... QUI PROCLAME AVEC RAISON QUE, SI VOUS SAVEZ DESSINER, VOUS SAVEZ ÉCRIRE !

L'ARCHITECTE AMONBOFIS DEMANDE À ME VOIR ? QU'IL ENTRE.

NUMÉROBIS, JE VAIS DROIT AU BUT ! CONSTRUISONS ENSEMBLE LE PALAIS DE CÉSAR. SI NOUS RÉUSSISSONS DANS LES DÉLAIS PRÉVUS, NOUS NOUS PARTAGERONS L'OR...

SINON, TU IRAS TE FAIRE DÉVORER SEUL PAR LES CROCODILES... APRÈS TOUT, LÀ OÙ IL Y EN A UN À MANGER, INUTILE D'EN METTRE DEUX.

JE REFUSE ! JE N'AIME PAS TES MÉTHODES DE TRAVAIL ! TU UTILISES DES ESCLAVES QUE TU TUES À LA TÂCHE ! TU ES CRUEL ET FOURBE !
SORS DE CHEZ MOI !

TU LE REGRETTERAS ! JE FERAI EN SORTE QUE CLÉOPÂTRE PERDE SON PARI ! TOI ET TES AMIS, SEREZ JETÉS AUX CROCODILES ! JE LEUR SOUHAITE BON APPÉT...

?!?

POC !
POC !

BONG !

PAF !

IL A LA DENT DURE !
IL NE MÂCHE PAS SES MOTS !...
IL A UNE HAINE DÉVORANTE !
IL EST MORDANT !
N'UTILISEZ PAS CES TERMES-LÀ...

...VOUS ME FAITES PENSER AUX CROCODILES !
IDÉFIX !!!
SNIF ! SNIF !

VENEZ PLUTÔT AVEC MOI SUR LE CHANTIER, À LA SORTIE D'ALEXANDRIE. VOUS VERREZ COMMENT ON CONSTRUIT, CHEZ NOUS !...
?!
BRADABOUM !

VOICI LE CHANTIER... J'AI DÉJÀ FAIT VENIR DES PIERRES DE BONNE QUALITÉ DES CARRIÈRES DE L'INTÉRIEUR DU PAYS...
CLAC !

CE SONT DES ESCLAVES ?
MAIS NON. ON MANQUE D'ESCLAVES. IL N'Y A PLUS MOYEN DE SE FAIRE SERVIR, ILS SONT TRÈS AFFRANCHIS. CEUX-LÀ SONT DES TRAVAILLEURS LIBRES.

MAIS LES FOUETS ?
ON MARCHE TOUJOURS AU FOUET CHEZ NOUS. D'AILLEURS, ILS SE RELAIENT POUR FOUETTER...
CLAC !

VOYEZ PLUTÔT...
BOUOUOUOUOUOUOU

!
!
CLAC !

CURIEUSES MÉTHODES !
MAIS NON ! COMME ÇA, TOUT LE MONDE EST CONTENT. RIEN DE TEL QU'UN PETIT COUP DE FOUET POUR VOUS METTRE EN TRAIN LE MATIN !

BOUHOUOUOU
C'EST LA PAUSE DE MIDI... VENEZ VOIR LES PLANS DU PALAIS, DANS LA TENTE, LÀ-BAS.
MAIS, CES DEUX-LÀ, POURQUOI N'ARRÊTENT-ILS PAS ?

ILS FONT DES HEURES SUPPLÉMENTAIRES.
CLAC !

LES OUVRIERS QUI FONT LA PAUSE LENTILLES* VOIENT ARRIVER UN VISITEUR INATTENDU...
*METS TRÈS POPULAIRE CHEZ LES ÉGYPTIENS.

?!
!?!
?!
?!?
?
?!
?

... DONT LES PROPOS SEMBLENT LES INTÉRESSER AU PLUS HAUT POINT.

HÉ, HÉ, HÉ, HÉ, HÉ !

ET QUAND LA FIN DE LA PAUSE EST SONNÉE...
BOUHOUHOUHOU

... LES OUVRIERS METTENT, POUR RETOURNER AU TRAVAIL...

... UNE MAUVAISE VOLONTÉ ÉVIDENTE.

MAÎTRE ! LES OUVRIERS REFUSENT DE REPRENDRE LE TRAVAIL ! JE CROIS QUE QUELQU'UN LES A MONTÉS CONTRE VOUS !
?

TOUS CES SOUCIS ME FONT TOURNER LE SANG ! LES CROCODILES VONT ME TROUVER IMMANGEABLE !
TANT MIEUX ! VOUS TENEZ TANT QUE ÇA À FAIRE UN BON REPAS ?

MAIS CE SONT DES CROCODILES SACRÉS ! ON NE PEUT PAS LEUR DONNER N'IMPORTE QUOI À MANGER !
ILS SONT FOUS, CES ÉGYPTIENS !
TOC! TOC! TOC!

ALLONS VOIR CE QUI SE PASSE !

C'EST BIEN CE QUE JE PENSAIS : ILS DEMANDENT ENCORE UNE DIMINUTION.
UNE AUGMENTATION, VOUS VOULEZ DIRE.

NON, IL NE S'AGIT PAS DE SALAIRES ; ILS SONT TRÈS BIEN PAYÉS. ILS DEMANDENT UNE DIMINUTION DE COUPS DE FOUET... ET SI JE DIMINUE LES COUPS DE FOUET, ILS TRAVAILLERONT MOINS VITE ET LE PALAIS NE SERA JAMAIS FINI À TEMPS !

TU COMMENCES À M'ÉCHAUFFER LES OREILLES AVEC TES COUPS DE FOUET ! CE N'EST PAS UNE FAÇON DE TRAITER LES GENS ! ASTÉRIX, ALLUME-MOI UN BON FEU SOUS CETTE MARMITE !...

JE VAIS VOUS MONTRER, MOI, COMMENT ON FAIT TRAVAILLER LES HOMMES !...

NON. PAS TOI.

BON.
FAIS-LEUR UNE PETITE DÉMONSTRATION, ASTÉRIX !
GLOUP ! GLOUP ! GLOUP !

OUAH ! OUAH !

POF !

C'EST UN VRAI PRODIGE !!!
MAIS OUI ! DIS À TES HOMMES DE FAIRE LA QUEUE, JE VAIS DONNER UNE RATION DE MA POTION MAGIQUE À CHACUN.

NON.

BON.

NON !

COMMENT A-T-IL FAIT POUR ME RECONNAÎTRE MALGRÉ MON DÉGUISEMENT ?

ET C'EST MERVEILLE DE VOIR LE TRAVAIL SE FAIRE DANS LA JOIE, ACCOMPAGNÉ DE CHANTS, DE PLAISANTERIES ET DE CALEMBOURS, MALHEUREUSEMENT INTRADUISIBLES...

ÇA MARCHE !
SLAP! SLAP!

GRRRRRRRRR
?

GRRRRRRRR
*KAÏ KAÏ KAÏ

CES PRODIGIEUX MAGES ÉTRANGERS VONT FINIR PAR FAIRE TRIOMPHER NUMÉROBIS ! IL FAUT QUE JE FASSE QUELQUE CHOSE !

TOURNEVIS !
AMONBOFIS, MON MAÎTRE ?

JE SAIS QUE NUMÉROBIS ATTEND DES PIERRES QUI ARRIVENT DU SUD, PAR LE NIL. CES PIERRES NE DOIVENT PAS PARVENIR AU CHANTIER... VOICI DE L'OR POUR TRAITER CETTE AFFAIRE !

TOURNEVIS A RENCONTRÉ LE CONVOI AMENANT DES PIERRES POUR LE CHANTIER DE NUMÉROBIS, ET L'OR A VITE FAIT D'EFFACER LES SCRUPULES DU CHEF DE CARAVANE...

*DÉBARQUEZ LES PIERRES !

BOF !
*PAS SUR LA RIVE ! DE L'AUTRE CÔTÉ !

LES OUVRIERS, ORIGINAIRES DU SUD DE L'ÉGYPTE, OBÉISSENT SANS DISCUTER.
PLAF !
PLOUF !
*VÉ ! FAUT PAS CHERCHER À COMPRENDRE, PEUCHÈRE !
*TÉ ! SI TU VEUX MON AVIS, LE CHEF, IL EST FADA !

POURQUOI LES OUVRIERS NE TRAVAILLENT-ILS PLUS ?
IL N'Y A PLUS DE PIERRES. JE SUIS D'AILLEURS INQUIET ; LA CARAVANE QUI DOIT AMENER DE NOUVELLES PIERRES DES CARRIÈRES DU SUD EST EN RETARD.

Ô NUMÉROBIS ! LE CHEF DE LA CARAVANE ARRIVE AVEC LES PIERRES POUR LA CONSTRUCTION !
AH ! ENFIN !

!

IL DIT QUE LES CARRIÈRES SONT ÉPUISÉES ET QUE C'EST TOUT CE QU'IL A PU RAPPORTER. IL VEUT ÊTRE PAYÉ POUR SON VOYAGE.
JE CROIS QU'IL MENT !

JE PEUX LE FAIRE PARLER, DIS, JE PEUX ?
BON, MAIS N'Y VA PAS TROP FORT.

COMMENT ON DIT : PARLE ?

PAF! PAF! PAF! PAF! PAF! PAF!
HOUA! HOUA! HOUA!

IL DIT QU'IL A ÉTÉ PAYÉ PAR AMONBOFIS POUR JETER LES PIERRES DANS LE NIL, QU'IL Y A ENCORE DES PIERRES DANS LA CARRIÈRE, DES TAS DE PIERRES, QU'IL VEUT BIEN ALLER EN CHERCHER, QUE VOUS TAPIEZ MOINS FORT S'IL VOUS PLAIT ET QU'IL JURE PAR ISIS, OSIRIS ET SÉRAPIS QU'IL NE RECOMMENCERA PLUS.

POUR PLUS DE SÛRETÉ, NOUS IRONS CHERCHER LES PIERRES AVEC LUI.
OUI, MAIS FAITES VITE ! LE TEMPS PRESSE !
POF!

PEU APRÈS...
NOUS ALLONS ATTEINDRE LE NIL ET LÀ, NOUS SUIVRONS LE COURS DU FLEUVE JUSQU'AU SUD.

PENDANT CE TEMPS, CHEZ L'INFÂME AMONBOFIS...
J'AI APPRIS QUE CES ÉTRANGERS QUI FONT DES PRODIGES SE SONT EMBARQUÉS POUR CHERCHER DES PIERRES. ILS NE DOIVENT PAS REVENIR DE CE VOYAGE, TOURNEVIS ! VOILÀ CE QUE TU VAS FAIRE...

LE TRAIN DE BATEAUX GLISSE LENTEMENT SUR LE MAJESTUEUX FLEUVE SACRÉ : LE NIL.
C'EST LENT !
TRÈS LENT !
TROP LENT !

QUE L'ON S'APPROCHE DE LA RIVE ET QUE L'ON RELIE SOLIDEMENT LES BATEAUX AVEC DES CORDES !
ENFIN, UN PEU D'EXERCICE !
?

?
?
?

PAR TOUTATIS ! J'AI BEAU SAVOIR QU'IL EST TOMBÉ DANS UNE MARMITE DE POTION MAGIQUE ÉTANT PETIT, CE GARÇON M'ÉTONNERA TOUJOURS !

LA NUIT TOMBÉE, ON FAIT ÉTAPE SUR LES BORDS DU FLEUVE...
DES LENTILLES ! PAS LE MOINDRE SANGLIER... APRÈS ON S'ÉTONNERA SI JE SUIS FAIBLE !
DEMAIN, NOUS IRONS VISITER LE SPHINX ET LES PYRAMIDES. C'EST TOUT PRÈS ET ÇA VAUT LA PEINE !

MAIS DANS L'OMBRE, UN ENNEMI SOURNOIS ÉPIE, GUETTE ET ATTEND.
HÉ !
HÉ !
HÉ !
16 VI

ALLONS, ALLONS, PARESSEUX ! LE SOLEIL EST LEVÉ ! ALLONS VISITER LE SPHINX ET LES PYRAMIDES !
HMMMM !... ENCORE UN PEU !... HMMMM...
PEU APRÈS...
ALORS, QU'EN DITES-VOUS ? ÇA VALAIT LA PEINE DE PROLONGER UN PEU NOTRE ESCALE, NON ?
MERVEILLEUX, PAR BÉLISAMA !

SOUVENIRS
SOUVENIRS
IDÉFIX ! LAISSE-LE TRANQUILLE !
GRRRRR

NOBLE ÉTRANGER, VOULEZ-VOUS UN PORTRAIT AVEC LE SPHINX, EN SOUVENIR ?
POURQUOI PAS ? ÇA FERA BIEN DANS MA HUTTE.

NOUS, ON VA VISITER.
C'EST ÇA.
METTEZ-VOUS DE PROFIL AVEC LES ÉPAULES DE FACE ET NE BOUGEONS PLUS, JE VOUS PRIE.

DE LÀ-HAUT, IL DOIT Y AVOIR UNE BELLE VUE.
NON, OBÉLIX ! C'EST SÛREMENT DÉFENDU !

ASTÉRIX, IL FAUT TOUJOURS QU'IL COMMANDE, SANS BLAGUE !

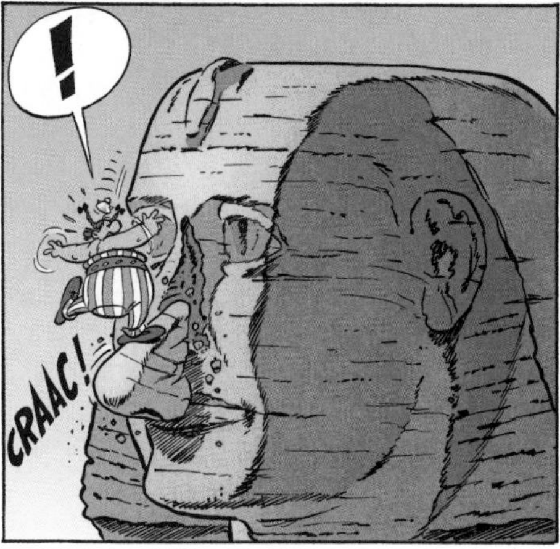
!
CRAAC !

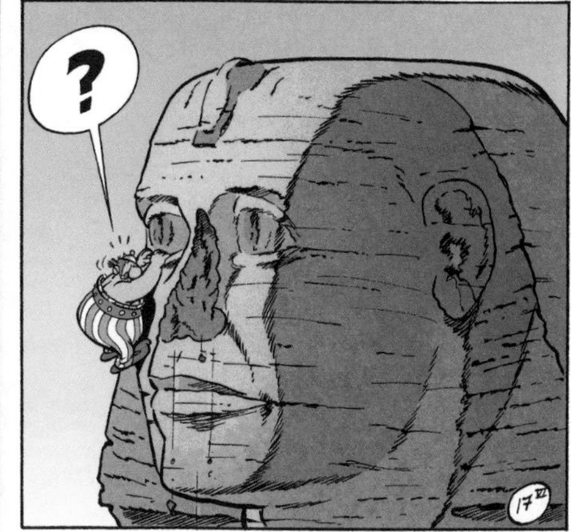
?

BRAVO OBÉLIX ! BRAVO !
POF ! POF ! POF !
SNIF ?

ON POURRAIT PEUT-ÊTRE LE RECOLLER ?
TU ES UN BRISE-TOUT ! ENCORE HEUREUX QU'ON NE NOUS AIT PAS VUS. LA SEULE CHOSE À FAIRE, C'EST D'ENFOUIR LE NEZ DANS LE SABLE.

PEU APRÈS...
VOILÀ !
PERSONNE N'AURA L'IDÉE DE VENIR FAIRE DES FOUILLES ICI.

IDÉFIX !!!

VIENS PANORAMIX, NE NOUS ATTARDONS PAS. JE T'EXPLIQUERAI !
EXPLIQUER ? POURQUOI EXPLIQUER ?
MAIS MON PORTRAIT N'EST PAS TERMINÉ !
?

C'EST DOMMAGE, C'ÉTAIT RESSEMBLANT... SURTOUT LE SPHINX...

MAIS...
LE SPHINX ?!

SOU
Poc !
Poc !

ET MAINTENANT VOUS CONNAISSEZ LA RAISON POUR LAQUELLE LE SPHINX N'A PAS DE NEZ. C'EST DOMMAGE D'AILLEURS, CAR CE NEZ, QUI N'A JAMAIS ÉTÉ RETROUVÉ, ÉTAIT UN BEAU NEZ. PAS AUSSI BEAU, CEPENDANT, QUE CELUI DE CLÉOPÂTRE, QUI ÉTAIT, COMME NOUS CROYONS VOUS L'AVOIR DIT, FORT JOLI.
Poc ! Poc ! Poc ! Poc ! Poc ! Poc ! Poc ! Poc ! Poc ! Poc ! Poc ! Poc ! Poc ! Poc ! Poc ! Poc ! Poc ! Poc ! Poc !

EN CONSTRUISANT CES PYRAMIDES, TOMBEAUX DES PHARAONS, LES ÉGYPTIENS ONT DONNÉ UNE MERVEILLE AU MONDE !
MAGNIFIQUE !
BAH ! ÇA NE VAUT PAS UN BEAU MENHIR !

DU HAUT DE CES PYRAMIDES, OBÉLIX, VINGT SIÈCLES NOUS CONTEMPLENT !

SERIEZ-VOUS INTÉRESSÉS À VISITER L'INTÉRIEUR DES PYRAMIDES ?
TIENS ? JE CROYAIS QU'IL ÉTAIT IMPOSSIBLE DE PÉNÉTRER DANS CES TOMBEAUX...
ILS SONT FOUS CES ÉGYPTIENS !...

DES PILLARDS Y SONT DÉJÀ ENTRÉS... TRÈS PEU EN SONT SORTIS...

MAIS BIEN ENTENDU, DE SI NOBLES VISITEURS PEUVENT ME FAIRE CONFIANCE.
EH BIEN, NOUS ACCEPTONS AVEC JOIE...

CE N'EST PAS POUR LES PETITS CHIENS, LÀ-DEDANS... ALORS, ATTENDS-NOUS LÀ... SI TU ES SAGE, TU AURAS UN BEL OS !

DANS LA PYRAMIDE...
NE ME PERDEZ PAS DE VUE, CAR VOUS NE SORTIRIEZ PAS VIVANTS DE CE LABYRINTHE.

ENTREZ, ENTREZ... LES HIÉROGLYPHES QUI ORNENT CETTE SALLE SONT MAGNIFIQUES.

VLAM !
?!
VOUS NE SORTIREZ JAMAIS D'ICI, ÉTRANGERS ! CE TOMBEAU SERA VOTRE TOMBEAU !

S'ILS S'EN SORTENT DE CELLE-LÀ, PAR ISIS, JE JURE DE NE JAMAIS PLUS ME RASER LA TÊTE !

BON. POUR COMMENCER, IL FAUDRAIT OUVRIR CETTE PORTE.
TOUT ÇA NE SERAIT PAS ARRIVÉ DANS UN MENHIR !...

POUR LA PREMIÈRE FOIS, OBÉLIX, VU LES CIRCONSTANCES, JE VAIS TE DONNER À BOIRE DE MA POTION MAGIQUE.
VRAI ?
PUISQU'ON TE LE DIT !

UNE, DEUX, TROIS GOUTTES... CELA SUFFIRA.

ET MAINTENANT, OUVRE CETTE PORTE !
JE SUIS BIEN CONTENT D'ÊTRE VENU DANS LA PYRAMIDE...

PAF !
SWOUSHH !

JE NE VOIS PAS UNE TRÈS GRANDE DIFFÉRENCE AVANT ET APRÈS LA POTION...

IL S'AGIT DE RETROUVER NOTRE CHEMIN DANS LE LABYRINTHE DES COULOIRS...
C'EST ÇA QUI SERA LE PLUS DIFFICILE...
POC !

EN EFFET, PLUSIEURS HEURES PLUS TARD...
C'EST LA DIXIÈME FOIS QUE NOUS ABOUTISSONS À CET ENDROIT... LES PHARAONS AVAIENT DE BONS ARCHITECTES.
LA SITUATION EST GRAVE.
TRÈS GRAVE... JE COMMENCE À AVOIR FAIM.

DANS LA PYRAMIDE...
MES POUVOIRS SONT INSUFFISANTS POUR NOUS SORTIR D'ICI... JE CRAINS FORT QUE CE SOIT LA FIN DE NOS AVENTURES, PAR BÉLÉNOS !
ÇA ME FAIT DE LA PEINE POUR NUMÉROBIS... SANS NOUS, IL FINIRA DANS UN CROCODILE.

MOI, ÇA ME FAIT DE LA PEINE POUR MON PAUVRE PETIT IDÉFIX... PAS VRAI, IDÉFIX ?...
IDÉFIX ?!

BEN OUI, QUOI, IDÉFIX ! VOUS N'ALLEZ PAS ME REPROCHER DE L'AVOIR AMENÉ ? D'ABORD, JE NE L'AI PAS AMENÉ. IL EST VENU TOUT SEUL !

JUSTEMENT ! IL NOUS A RETROUVÉS GRÂCE À SON FLAIR... IL PEUT DONC RETROUVER SON CHEMIN ET NOUS AIDER À SORTIR D'ICI !
MAIS C'EST VRAI, ÇA !

IDÉFIX, SI TU NOUS AIDES À SORTIR D'ICI, TU AURAS UN TRÈS GROS OS, DEHORS !

TU AURAS DEUX GROS OS !

DES TAS DE GROS OS !

OBÉLIX, JE TE DEMANDE PARDON ! TU AVAIS VRAIMENT RAISON DE L'EMMENER, CE TOUTOU !
QUELQUEFOIS, J'AI L'IMPRESSION QU'IL COMPREND TOUT CE QUE JE LUI DIS !

①
②
①LES ÉTRANGERS ONT DISPARU. TU N'AS PLUS BESOIN DE CONTINUER TON VOYAGE.
② J'AVAIS COMPRIS.

?

DES MAGES ! VOUS ÊTES DES MAGES ! SEUL UN ÊTRE SURHUMAIN PEUT RETROUVER SON CHEMIN DANS...
POF ! POF ! POF !

PAFF !

LES BATEAUX REPRENNENT LEUR ROUTE ET REMONTENT PAISIBLEMENT LE COURS DU NIL...
SCROTCH ! SCROTCH ! SCROTCH !

...ET LE VOYAGE EST AGRÉMENTÉ PAR DES ESCALES INTÉRESSANTES, LOUQSOR, PAR EXEMPLE...
NON, NON ET NON, OBÉLIX ! CET OBJET AU MILIEU DE LA PLACE DU VILLAGE ? MAIS CE SERAIT RIDICULE, VOYONS !
NOS OPINIONS NE CONCORDENT JAMAIS !

PENDANT CE TEMPS, À ALEXANDRIE...
Ô AMONBOFIS, MON MAÎTRE... CE SONT DES MAGES ! DES ÊTRES SURHUMAINS !
!?

ILS ONT RÉUSSI À SORTIR DU LABYRINTHE DE LA GRANDE PYRAMIDE !
PRODIGIEUX ! ILS SONT PRODIGIEUX !

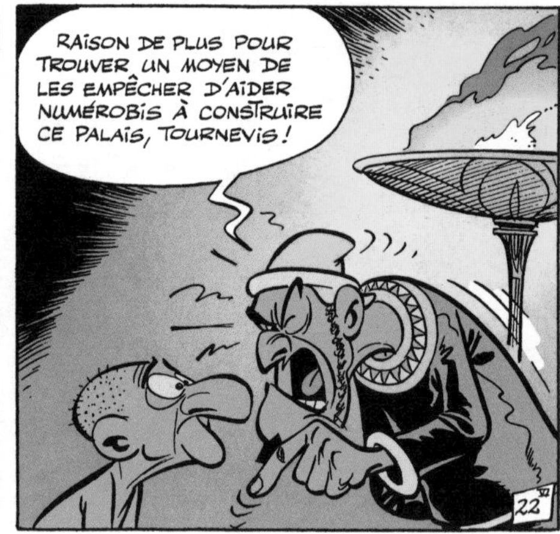
RAISON DE PLUS POUR TROUVER UN MOYEN DE LES EMPÊCHER D'AIDER NUMÉROBIS À CONSTRUIRE CE PALAIS, TOURNEVIS !
22

APRÈS UN VOYAGE DE NOMBREUX STADES (1)
ENFIN, MES AMIS, VOUS VOICI DE RETOUR !
ET NOUS T'APPORTONS SUFFISAMMENT DE PIERRES POUR FINIR LE PALAIS !
(1) LE STADE EST UNE ANCIENNE MESURE QUI VAUT 168 MÈTRES. QUAND ON SAIT QUE LE PIED VAUT ENVIRON 33 CM ET QUE L'ALEXANDRIN COMPTE 12 PIEDS, IL EST FACILE DE CALCULER QU'UN STADE VAUT ENVIRON 42 ALEXANDRINS.

LES OUVRIERS TRAITÉS À LA POTION MAGIQUE TRAVAILLENT AVEC CÉLÉRITÉ.
SI JE N'ÉTAIS PAS LÀ POUR CORRIGER CES PLANS !...
JE VIENS D'APPRENDRE QUE CLÉOPÂTRE VA VENIR VISITER LE CHANTIER !

EN EFFET...

NE VOUS ARRÊTEZ PAS. JE VIENS ICI EN TOUTE SIMPLICITÉ, INCOGNITO... CONTINUEZ. C'EST BIEN.

IL N'Y A PAS À DIRE, ELLE A UN JOLI NEZ !
UN TRÈS JOLI NEZ !
TU AS VU SON NEZ, IDÉFIX ?

PENDANT CE TEMPS CHEZ AMONBOFIS.
UNE IDÉE ! IL ME FAUT UNE IDÉE !

AIDE-MOI ! ET POUR LA DERNIÈRE FOIS, VA TE RASER LA TÊTE !!!
JE NE PEUX PAS, MAÎTRE. C'EST UN VOEU...

JE VIENS D'AVOIR UNE IDÉE HORRIBLE !...
PAF !

VA PORTER CE PAQUET À LA REINE CLÉOPÂTRE.
OUI MAÎTRE.

PEU APRÈS...
UN CADEAU ? DONNE.

UN GÂTEAU ! ET IL Y A UN MESSAGE !

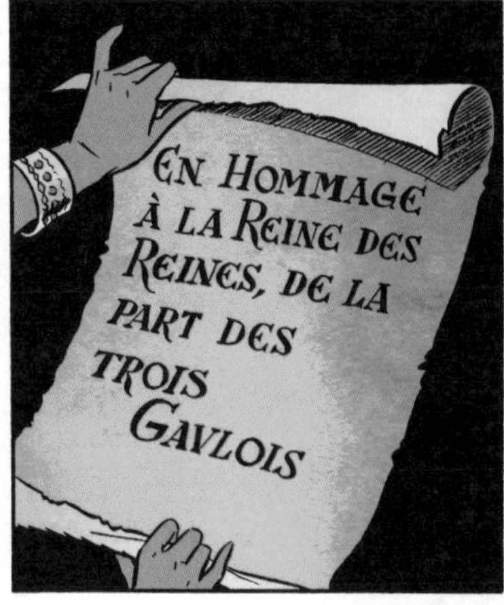
EN HOMMAGE À LA REINE DES REINES, DE LA PART DES TROIS GAULOIS

C'EST TRÈS AIMABLE À EUX. TU PEUX TE RETIRER.

ELLE A VRAIMENT UN TRÈS JOLI NEZ !
MAJORDOME !

TU ME SERVIRAS CE GÂTEAU AU DESSERT, CE SOIR...

REPAS INTIME... JE SERAI SEULE. ALORS JUSTE 40 DANSEURS ET DANSEUSES, 80 MUSICIENS ET 300 PLATS SIMPLES...

ET, LE SOIR VENU, SUR LE CHANTIER DE NUMÉROBIS...
À TABLE ! À TABLE ! IL Y A DU SANGLIER QUI VIENT D'ARRIVER PAR GALÈRE !

NOUS VENONS ARRÊTER LES TROIS GAULOIS ! ORDRE DE LA REINE !
?!

QU'EST-CE QU'ON FAIT ? ON LEUR DONNE DES BAFFES ?

N'EN FAITES RIEN ! SI VOUS RÉSISTEZ À CLÉOPÂTRE, VOUS COUREZ À VOTRE PERTE !

PEU APRÈS...
AH, GAULOIS ! VOUS AVEZ ESSAYÉ DE M'EMPOISONNER AVEC CE GÂTEAU ! VOUS LE PAIEREZ DE VOTRE VIE !
GÂTEAU ? QUEL GÂTEAU ?

QUE L'ON AMÈNE MON GOÛTEUR !
CLAP !

IL A GOÛTÉ UN PETIT BOUT DE CE GÂTEAU ET REGARDEZ DANS QUEL ÉTAT IL SE TROUVE !
MAIS C'EST FAUX, PAR TOUTATIS ! NOUS SOMMES INNOCENTS !!!
*OUILLE, OUILLE, OUILLE !

JE NE VEUX RIEN ENTENDRE !
MAIS...
SI LA REINE NE VEUT RIEN ENTENDRE, IL NE FAUT RIEN DIRE, ASTÉRIX... POUR LE MOMENT !

EMMENEZ-LES ! ET QU'ON SERVE L'APÉRITIF AUX CROCODILES SACRÉS !

MAIS POURQUOI AS-TU EMPÊCHÉ QU'ON S'EXPLIQUE ?
J'AI MON IDÉE...

ET PUIS, ON NE PEUT PAS DISCUTER AVEC CLÉOPÂTRE... ELLE A UN SALE CARACTÈRE, MAIS UN SI JOLI NEZ !

QUAND JE PENSE QU'IL Y AVAIT DU SANGLIER POUR DÎNER...
ASTÉRIX, DONNE-MOI CE RÉCIPIENT PLEIN D'EAU...

QUE PRÉPARES-TU LÀ, PANORAMIX ?
DE L'ANTIDOTE. FORT HEUREUSEMENT, JE NE ME SÉPARE JAMAIS DE CE PETIT SACHET...

BUVEZ !
C'EST QUOI UN ANTIDOTE ?

OUVRE LA PORTE DU CACHOT, OBÉLIX.
GLOUP ! GLOUP !

ÉCARTEZ-VOUS ! ON SORT !!!
HU ! HU ! HU ! HU ! HU ! HU !

CRAAAC !

ILS SONT FOUS CES ÉGYPTIENS ! ON LEUR DIT DE S'ÉCARTER, ET ILS...
ET MAINTENANT, ALLONS VOIR CLÉOPÂTRE !

PAS MAL... MAIS J'EN AI ASSEZ DE ME VOIR DE PROFIL... TU NE POURRAIS PAS ME FAIRE UNE FOIS DE TROIS QUARTS FACE ?
OH, MOI, L'ART MODERNE, VOUS SAVEZ...

ON PEUT ?
PAF !
POF !
?!!
26

GAULOIS, PUISQUE VOUS AVEZ JURÉ MA PERTE, JE VAIS VOUS MONTRER, PAR OSIRIS, COMMENT MEURT UNE REINE !
MAIS NON, PAR TOUTATIS, ÉCOUTEZ CE QUE NOUS AVONS À DIRE, POUR UNE FOIS !!!

JE SUIS SÛR QUE LE GÂTEAU N'EST PAS EMPOISONNÉ ! JE CROIS MÊME QU'IL EST TRÈS BON !
AH OUI ? EH BIEN, MANGEZ-LE ALORS !... QU'ON APPORTE LE GÂTEAU !
CLAP !

C'EST CE QUE NOUS ALLIONS VOUS PROPOSER, Ô REINE...
OBÉLIX, AS-TU UN COUTEAU OU UNE PELLE À TARTE ?
IL Y EN A UN, LÀ.

VOUS PERMETTEZ ?

COUPE TROIS PARTS DE CE GÂTEAU.
VOILÀ, VOILÀ !

ON T'A DIT TROIS PARTS, OBÉLIX !

EH BIEN, J'AI COUPÉ TROIS PARTS !
GROS GOURMAND, VA !

IL Y A DES AMANDES... GLOUP !... MIAM !... CH'EST BON LES AMANDES !
SCROTCH !
SLAP !
SCRONCH !
SCROTCH !
SCROTCH !
SCROUNCH !

EH BIEN, REINE ? VOUS VOYEZ BIEN QU'IL N'EST PAS EMPOISONNÉ, CE GÂTEAU !
MAIS MON GOÛTEUR, ALORS, DE QUOI SOUFFRE-T-IL ?
OBÉLIX !
MAIS IL RESTE ENCORE QUELQUES AMANDES...
POF !
POF !

QUE L'ON FASSE VENIR CE GOÛTEUR ! JE LE GUÉRIRAI !
CHAQUE FOIS QUE JE VEUX FAIRE QUELQUE CHOSE, M. ASTÉRIX EST CONTRE !!!
PARCE QUE M. OBÉLIX NE SAIT PAS SE CONDUIRE DEVANT UNE REINE !!!

BOIS CECI, GOÛTEUR, ET TU IRAS MIEUX !
ALORS, LEUR DONNER DES BAFFES, C'EST BIEN, MAIS MANGER DES AMANDES, C'EST MAL ?
IL Y A UN TEMPS POUR LES BAFFES ET UN TEMPS POUR LES AMANDES !... C'EST ÇA LA BONNE ÉDUCATION !!!

① GLOU, GLOU, GLOU

ÇA VA MIEUX... BEAUCOUP MIEUX...

ÇA VA MÊME BIEN, J'AI FAIM !
LE GÂTEAU N'A RIEN À VOIR AVEC LE MALAISE DU GOÛTEUR, Ô REINE. IL EST SIMPLEMENT DÉLICAT DE L'ESTOMAC. ABUS DE NOURRITURES TROP RICHES !
J'AI ÉTÉ INJUSTE ENVERS VOUS, GAULOIS. JE VOUS RENDS LA LIBERTÉ ET JE CONGÉDIE CE GOÛTEUR DONT L'ESTOMAC A FAIT COMMETTRE UNE FAUTE À LA REINE DES REINES !

IL Y AVAIT DANS CE GÂTEAU DE QUOI EMPOISONNER UNE COHORTE DE LÉGIONNAIRES. HEUREUSEMENT QUE NOUS AVIONS BU MON ANTIDOTE...
DITES, JE VOUS REMERCIE ! CE MÉTIER DE GOÛTEUR ME DÉGOÛTAIT... IL M'EMPOISONNAIT LA VIE !...

ALLEZ, JE VOUS QUITTE. C'EST L'HEURE DE MON GOÛTER.

RETOURNONS AU CHANTIER. NOUS DEVONS TROUVER LE COUPABLE DE CET ATTENTAT !
ASTÉRIX, C'EST QUOI UN ANTIDOTE ?

ET, AU CHANTIER...
IDÉFIX ! TU AS FAILLI ME RENVERSER !
GRÂCE À RÂ, VOUS ÊTES DE RETOUR ! MON MAÎTRE NUMÉROBIS A DISPARU TOUT DE SUITE APRÈS VOTRE ARRESTATION !
!!!

OBÉLIX, ALLONS CHEZ AMONBOFIS. JE SUIS SÛR QU'IL SAIT OÙ EST NUMÉROBIS !

PEU APRÈS...
ÉCOLE
C'EST PAR LÀ, D'APRÈS L'ADRESSE QUE NOUS A DONNÉE MISENPLIS.

OUVREZ, SI VOUS TENEZ À VOTRE PORTE, PAR BÉLÉNOS !

QUELS SONT CES CRIS, PAR...

LES GAU... LES GAUGAU...

OUI, LES GAULOIS QUI VEULENT VOIR AMONBOFIS, TON MAÎTRE.
JE... JE VAIS VOIR S'IL EST LÀ...
BONNE IDÉE ! NOUS ALLONS T'ACCOMPAGNER !

PATRON, IL Y A QUELQU'UN QUI VEUT VOUS VOIR...
?!
Pharaon-Soir
CHÉRI-BIBIS
ISIS DE MON COEUR

VOUS ? CLÉOPÂTRE NE VOUS A PAS JETÉS AUX CROCODI...

C'EST UN AVEU !

C'EST DONC TOI QUI AS ENVOYÉ LE GÂTEAU EMPOISONNÉ À CLÉOPÂTRE !
GÂTEAU ? QUEL GÂTEAU ? NON, NON, NON ! C'EST UNE ERREUR. UNE ERREUR ! OH LÀ LÀ !

TU VAS NOUS DIRE OÙ SE TROUVE NUMÉROBIS !
JAMAIS ! ET AUCUNE FORCE AU MONDE NE NOUS FERA PARLER. PAS VRAI, TOURNEVIS ?

NON. MOI J'AIME MIEUX PARLER. NUMÉROBIS EST CACHÉ DANS UN SARCOPHAGE, DANS LA CAVE.

LÂCHE !
OUI PATRON !

MOI, JE GARDE CES DEUX HOMMES, OBÉLIX. TOI, VA À LA CAVE CHERCHER LE SARCOPHAGE.
OUI, ASTÉRIX.

ASTÉRIX, C'EST QUOI, UN SARCOPHAGE ?

C'EST UNE GROSSE BOITE, TRÈS, TRÈS LOURDE.
AH ? BON.

PEU APRÈS...
C'EST ÇA, ASTÉRIX ? C'EST LA SEULE GRANDE BOITE QUE J'AI PU TROUVER MAIS ELLE N'EST PAS LOURDE DU TOUT !
C'EST SÛREMENT ÇA, OBÉLIX !

IL N'Y A PLUS QU'À DÉROULER.
JE PEUX ? JE PEUX ? C'EST COMME UN CADEAU AVEC UNE SURPRISE DEDANS !

ÇA VA, NUMÉROBIS ?
COMME ÇA... J'AI LE VERTIGE !
C'EST SANS DOUTE À CAUSE DES PRIVATIONS. PAUVRE NUMÉROBIS !

J'AVOUE MA DÉFAITE. J'AI VOULU VOUS EMPÊCHER DE FINIR LE PALAIS. VOILÀ. SANS RANCUNE ?
SANS RANCUNE. ET POUR VOUS LE PROUVER, NOUS VOUS EMMENONS TOUS LES DEUX AVEC NOUS. NOUS AVONS UNE SITUATION POUR VOUS.

PEU APRÈS, DANS LE CHANTIER...
VOILÀ OÙ J'EN SUIS PARCE QUE VOUS M'AVEZ POUSSÉ À COMMETTRE DE MAUVAISES ACTIONS, PATRON !...
TAIS-TOI ET TIRE, MAINTENANT !
LA CONSTRUCTION AVANCE BIEN, NUMÉROBIS.
GRÂCE À VOUS TROIS, PANORAMIX !
31 A

PENDANT CE TEMPS DANS LE PALAIS DE CLÉOPÂTRE.
AVE, CLÉOPÂTRE. ALORS, ÇA AVANCE CE PALAIS ? PARCE QUE LE DÉLAI EST BIENTÔT TERMINÉ.
AVE, CÉSAR. MAIS ÇA AVANCE TRÈS BIEN, JULES. BIENTÔT NOUS POURRONS ORGANISER UNE PETITE FÊTE POUR INAUGURER LE BÂTIMENT.

AVE, CÉSAR !
AVE, LÉGIONNAIRE. VA ME CHERCHER GINFIS, MON ESPION ÉGYPTIEN.

AVE, CÉSAR !
AVE, AVE, GINFIS ; JE VAIS PERDRE LA FACE DEVANT CLÉOPÂTRE...

ON M'AVAIT DIT QUE NUMÉROBIS, L'ARCHITECTE DU PALAIS, ÉTAIT UN INCAPABLE ; OR, IL PARAIT QUE LE PALAIS SERA PRÊT À TEMPS. VA VOIR SUR LE CHANTIER CE QUI SE PASSE, PAR JUPITER !
31 B

J'AI MIS UN PAGNE D'OUVRIER. PERSONNE NE ME RECONNAITRA SOUS CET HABILE DÉGUISEMENT.

JE SUIS UN MANŒUVRE LÉGER QUE LES LOURDES TÂCHES N'EFFRAIENT PAS. IL Y A DE L'EMBAUCHE ?
MAIS OUI. NOUS AVONS TOUJOURS BESOIN D'OUVRIERS. METS-TOI À LA FILE, LÀ-BAS.

PAS DE POTION POUR AMONBOFIS ET TOURNEVIS, BIEN ENTENDU.
BIEN ENTENDU.
GLOUP! GLOUP! GLOUP!
CURIEUX ; PAS DE CONTREMAÎTRES, PAS DE FOUETS. ET QUE FAISONS-NOUS ICI ?

GLOP! GLOP! GLOP!
32A

ÉTRANGE MIXTURE... AH ! VOILÀ LE SIGNAL DU DÉBUT DU TRAVAIL...
BOUHOUHO

?!

JE ME DEMANDE SI CETTE BOISSON INCONNUE... ESSAYONS...

PAR APIS !!!

TIENS ? OÙ VA-T-IL, CELUI-LÀ ?
BAH ! NOUS AVONS ASSEZ D'OUVRIERS COMME ÇA !
FAIS LE BEAU, IDÉFIX ! HOP !
?
32B

Ô, CÉSAR ! J'AI VU DANS LE CHANTIER DES CHOSES PRODIGIEUSES ! LES OUVRIERS BOIVENT UNE POTION MAGIQUE QUI LEUR DONNE UNE FORCE ÉNORME ET LEUR PERMET DE SOULEVER LES PLUS LOURDES CHARGES. J'AI BU CETTE POTION !
JE ME DEMANDE, GINFIS, SI TU N'AS PAS BU AUTRE CHOSE QUE DE LA POTION...

TU NE ME CROIS PAS, Ô CÉSAR ? JE SUIS UN ÊTRE FAIBLE, MOU ET SOUFFRETEUX. ET POURTANT, JE SUIS SÛR DE POUVOIR VAINCRE L'HOMME LE PLUS FORT DE TA GARDE PERSONNELLE !

PACOTÉALARGUS, DONNE UNE PAIRE DE CLAQUES À CE PRÉSOMPTUEUX.
CLAP !

HI ! HI ! HI ! HI ! HI ! HI ! HI ! HI !

PAF !
HI !
HI !
HI !
HI !
HI !
HI !
HI !
?!

HMMM... ÇA VA, PACOTÉALARGUS, TU PEUX TE RETIRER... MERCI.

HI HI HI HI HI HI HI HI HI HI HI !
TU NE MENTAIS DONC PAS... ET POURTANT, JE NE CONNAIS QU'UN HOMME CAPABLE DE PRÉPARER UNE TELLE POTION...

MAIS IL EST TRÈS LOIN D'ICI... C'EST UN DRUIDE GAULOIS...
UN DRUIDE GAULOIS ?!?

IL Y A DES GAULOIS DANS LE CHANTIER ! TROIS GAULOIS !
COMMENT ? UN VIEUX DRUIDE À BARBE BLANCHE, UN PETIT MALIN ET UN GROS AHURI ?

C'EST CELA MÊME, Ô CÉSAR !
ASTÉRIX, OBÉLIX ET PANORAMIX ! LES IRRÉDUCTIBLES GAULOIS ! ILS SONT CAPABLES DE TOUS LES PRODIGES... IL FAUT AGIR !

LE LENDEMAIN, À LA PÂLE LUEUR DE L'AUBE...
*COCORICOOOOOO

ET PEU APRÈS, SUR LE CHANTIER...
MAÎTRE ! MAÎTRE ! VENEZ VOIR ! IL SE PASSE DES CHOSES ÉTRANGES !!!
EH BIEN, QU'Y A-T-IL, MISENPLIS ?
ZZZZZ ZZZ
ZZZZ

LES OUVRIERS NE SONT PAS ARRIVÉS AU CHANTIER... À PART NOS PRISONNIERS, AMONBOFIS ET TOURNEVIS, IL N'Y A PERSONNE !
?!?

VA AUX NOUVELLES !
OUI, MAÎTRE !

AUSSITÔT APRÈS...
LE CHANTIER EST ENCERCLÉ PAR DES LÉGIONNAIRES ROMAINS ! ILS NE LAISSENT PAS ENTRER NOS OUVRIERS !

AU NOM DE CÉSAR ! NOUS AVONS APPRIS QUE DES DISSIDENTS GAULOIS SE CACHENT DANS CE CHANTIER ! NOUS LEUR DONNONS L'ORDRE DE SE RENDRE, FAUTE DE QUOI, NOUS ATTAQUERONS !
?!?

NOUS SOMMES ICI PAR LA VOLONTÉ DE CLÉOPÂTRE ET NOUS NE PARTIRONS QUE LE TRAVAIL TERMINÉ, PAR TOUTATIS !
VOUS LE REGRETTEREZ, PAR JUPITER !

QU'ALLONS-NOUS FAIRE, PAR ISIS ?!
NOUS ALLONS CONSTRUIRE DES DÉFENSES, PAR BÉLÉNOS !
TU AS RAISON, PAR BÉLISAMA !

EST-CE QU'ON NE POURRAIT PAS S'EN ALLER, PAR HASARD ?

DÉPÊCHE-TOI AVEC TES PIERRES, OBÉLIX !
VOILÀ ! VOILÀ !

BON. NOS FORTIFICATIONS SONT TERMINÉES.
VOUS... VOUS CROYEZ QU'ELLES SERONT SUFFISANTES POUR REPOUSSER LES ROMAINS ?...

ILS ATTAQUENT !
TCHIP TCHIP TCHIP TCHIP !

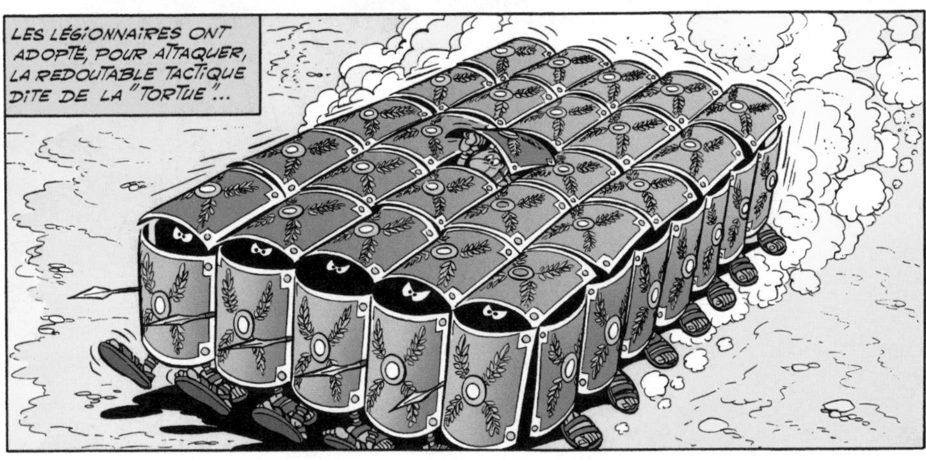
LES LÉGIONNAIRES ONT ADOPTÉ, POUR ATTAQUER, LA REDOUTABLE TACTIQUE DITE DE LA "TORTUE"...

BONNNG ! BONNNG ! BONNNG !
BONNNG !
BONNG !
SOIS UN PEU SÉRIEUX, OBÉLIX, QUOI !
OUAF ! OUAF !

POUR BATTRE EN RETRAITE, LES LÉGIONNAIRES ADOPTENT L'EFFICACE TACTIQUE DITE DU "LIÈVRE".

HMM... ÇA N'A PAS MARCHÉ... EH BIEN, NOUS ATTAQUERONS DE TOUS LES CÔTÉS À LA FOIS... DÉPLOYEZ-VOUS !
MAIS ON VIENT DE SE REPLIER !
DÉPLOYÉS, ON VA SE FAIRE ÉGORGER !
ÉGORGE DÉPLOYÉ !
ENCORE UN JEU DE MOTS COMME ÇA, PAR JUPITER, ET JE DÉSERTE !!!

CHIC ! LES REVOILÀ !
OUAF ! OUAF !

ILS ATTAQUENT SUR DEUX FRONTS ! VA LES REPOUSSER DE L'AUTRE CÔTÉ, OBÉLIX !
ON Y VA ! ON Y VA !

CÔTÉ SUD...
MAIS LÂCHEZ-MOI ! VOUS VOYEZ BIEN QUE JE SUIS DÉJÀ REPOUSSÉ !

CÔTÉ NORD...
IL Y EN A UN QUI EST ENTRÉ !
JE RESSORS ! JE RESSORS ! JE RESSORS !

APRÈS L'ASSAUT...
VICTOIRE ! ITA DIIS PLACUIT !
ILS NOUS ONT REPOUSSÉS, MAIS CERTAINS D'ENTRE NOUS ONT RÉUSSI À PÉNÉTRER DANS L'ENCEINTE !

C'EST NOUS QUI AVONS RÉUSSI À PÉNÉTRER DANS L'ENCEINTE, MAIS ILS ONT ÉTÉ GENTILS ; ILS NOUS ONT LAISSÉS RESSORTIR SANS TROP NOUS TAPER DESSUS...

PUISQUE C'EST COMME ÇA, NOUS ALLONS LES BOMBARDER, SANS BLAGUE !!!

REGARDEZ ! DES MACHINES DE GUERRE !
HMMM... JE N'AIME GUÈRE CES MACHINS !
36

EN EFFET, PEU APRÈS...
PAF!
BONG!
MON PALAIS !

IL FAUDRAIT PRÉVENIR CLÉOPÂTRE ! ELLE DOIT AVOIR SUFFISAMMENT D'INFLUENCE SUR CÉSAR POUR FAIRE CESSER CETTE ATTAQUE.
BONNE IDÉE ! MISENPLIS ! ÉCRIS UN MESSAGE POUR LA REINE.

VOYONS... NE FAISONS PAS DE FAUTES D'ORTHOGRAPHE... LE S'ACCORDE AVEC QUAND CELUI-CI EST PLACÉ AVANT
TCHONK!
C'EST IDÉFIX QUI PORTERA LE MESSAGE À CLÉOPÂTRE !...
IDÉFIX ?!

MAIS IL EST TOUT PETIT, IDÉFIX !
IL EST PEUT-ÊTRE PETIT, MAIS IL EST INTELLIGENT !
VOICI LE MESSAGE !

TU VAS VOIR !
?

ALLEZ, IDÉFIX ! CHEZ CLÉOPÂTRE !
?

JE T'AVAIS DIT QU'IL ÉTAIT TROP JEUNE POUR COMPRENDRE !
TROP JEUNE ! UN PETIT CHIEN QUI SAIT SI BIEN FAIRE LE BEAU, ET TOUT ET TOUT...

ALLONS, ALLONS, OBÉLIX ! NE TE VEXE PAS... JE DISAIS ÇA POUR TE TAQUINER... C'EST MÊME MOI QUI VAIS LE METTRE DANS LA BONNE DIRECTION, IDÉFIX !
PAS BIEN, MON CHIEN !

VITE, PANORAMIX, PENDANT QU'OBÉLIX NE REGARDE PAS, DONNE-MOI À BOIRE UNE BONNE RASADE DE POTION MAGIQUE !
RRGNONGNEUMPHEU !... PHEUH !.. RRMAGNIGNONGNIEN GNNNOUFRGNONGNON...

PEU APRÈS...
ALLONS-Y IDÉFIX !
?

ALERTE !!! UN DES ASSIÉGÉS ESSAIE DE PASSER !!!

WOF !

PRÊT ?
PRÊT !
PAF !
?

TCHAC !

IL EST PARTI COMME IL EST VENU...
IL NE FAISAIT QUE PASSER...

PEU APRÈS, DANS LE PALAIS DE CLÉOPÂTRE...
TU AS DEMANDÉ À ME VOIR, Ô GAULOIS !
OUI, Ô CLÉOPÂTRE. MON PETIT CHIEN A UN MESSAGE POUR VOUS.

QU'IL EST MIGNON... QUE L'ON APPORTE UN OS POUR CE PETIT CHIEN !

ÇA NE SE PASSERA PAS COMME ÇA ! JULES CÉSAR EST UN MAUVAIS JOUEUR, PAR ISIS ! VA, GAULOIS, JE M'OCCUPE DE TOUT, PAR AMMON ET PAR HÉLIOS !

SCRRROUINCH !
SCRRROUNCH !
SCRINCH !
DU CALME, IDÉFIX... ATTENDS QUE LE NOUVEAU GOÛTEUR DE LA REINE AIT FINI DE GOÛTER TON OS.
?!?
GRRRRRR !

ALERTE ! UN DES ASSIÉGÉS ESSAIE DE RENTRER !

TCHAC !

VOICI, OBÉLIX ! IDÉFIX VIENT DE REVENIR ET IL A PARFAITEMENT ACCOMPLI SA MISSION !
AH ! TU VOIS ?
POURVU QUE LA REINE AGISSE VITE ! LES MACHINES DE GUERRE DES ROMAINS DÉTRUISENT LE PALAIS !

EN EFFET, DANS LE CAMP DES ASSIÉGEANTS...
TU VOIS, Ô CÉSAR, MÊME SI NOUS NE PARVENONS PAS À LES CAPTURER, LE RÉSULTAT SERA LE MÊME CAR LE PALAIS SERA DÉTRUIT !
BIEN, CHORUS, BIEN !

AVE, CÉSAR... EUH... QUELQU'UN DEMANDE À VOIR CÉSAR...
QUI ÇA ?

DZIM ! BOUM !
TAPATAP ! TAPATAP !
TARATATAR¡¡¡¡
?!?

EUH... MA REINE... MA TRÈS CHÈRE REINE...

ASSEZ !!! JE SUIS SORTIE DU PALAIS EN COURANT, SANS PRENDRE LE TEMPS DE ME CHANGER, QUAND J'AI APPRIS CE QUI SE PASSAIT !
OUPS !

QUAND ON FAIT UN PARI, IL FAUT ÊTRE SPORT ET C'ÉTAIT MON DROIT DE FAIRE APPEL AUX GAULOIS ET JE TE PROUVERAI QUE LES ÉGYPTIENS PEUVENT CONSTRUIRE DE BEAUX PALAIS...

...ET J'EXIGE QUE LES ROMAINS LAISSENT LES CONSTRUCTEURS TRANQUILLES ET QU'AVANT DE PARTIR, ILS RÉPARENT LES DÉGÂTS QU'ILS ONT CAUSÉS ET C'EST UNE HONTE...

...ET...
BON, BON, ÇA VA ! JE TE DEMANDE PARDON ET JE FERAI COMME TU VOUDRAS...

TADZIM ! TADZOUM ! TARARIIIIII
ALORS... EUH... QU'EST-CE QU'ON FAIT ?
PFEFF

ON LÈVE LE SIÈGE ET ON RÉPARE TES DÉGÂTS, IMBÉCILE !!!
AVE !

JE NE VOUDRAIS TOUT DE MÊME PAS QUE CLÉOPÂTRE M'AIT DANS LE NEZ !

NEZ QU'ELLE AVAIT D'AILLEURS FORT JOLI, SI NOUS NE VOUS L'AVONS DÉJÀ DIT...

REGARDEZ ! LES ROMAINS LÈVENT LE SIÈGE, PAR BÉLÉNOS !!!
VICTOIRE, PAR TOUTATIS !
ET TOUT ÇA, GRÂCE À QUI ?

CLAC
ILS COMMENCENT PAR CASSER, ET APRÈS, ILS NOUS AIDENT À RÉPARER...
ILS SONT FOUS, CES ROMAINS !
NON, NUMÉROBIS ! NON !
MAIS JE PENSAIS QUE POINTU, COMME ÇA, C'ÉTAIT PLUS JOLI...

ET ENFIN, UN BEAU JOUR...
ÇA Y EST ! NOUS POUVONS ALLER PRÉVENIR CLÉOPÂTRE !

Ô, MA REINE ! LE PALAIS EST TERMINÉ ET NOUS AVONS TENU LES DÉLAIS !*
TU AS TENU TA PROMESSE, NUMÉROBIS, JE TIENDRAI LA MIENNE, PAR ISIS !...
* À CETTE ÉPOQUE, C'ÉTAIT TRÈS RARE DANS LA CONSTRUCTION.

QU'ON LE COUVRE D'OR !

IL Y A ENCORE UN BOUT QUI DÉPASSE, LÀ !
ON REVIENT !
SNIF ! SNIF !

DEMAIN, J'INVITERAI CÉSAR À BORD DE MA GALÈRE D'APPARAT...

NOUS DESCENDRONS LE FLEUVE SACRÉ JUSQU'AU PALAIS, ET LÀ, J'OFFRIRAI À CÉSAR, AVEC CE PALAIS, LA PREUVE QUE NOTRE PEUPLE N'EST PAS DÉCADENT !
BEN VOYONS !

LE LENDEMAIN...
IL EST UN PEU BIEN LE PALAIS, HEIN ?...
LES VOILÀ !
OÙ ÇA ?

POUR COUPER LE RUBAN, Ô CÉSAR !

Ô, LA PLUS BELLE DES REINES. À TOI L'HONNEUR DE COUPER CE RUBAN QUI PROUVE, PAR JUPITER, QUE J'AI PERDU MON PARI... JE M'INCLINE DE BONNE GRÂCE, DEVANT TANT DE GRÂCE.

LE PEUPLE ACCLAME SA REINE EN INVOQUANT LE DIEU DU SOLEIL...
RÂ! RÂ! RÂ! RÂ!

NA !
ÇA, C'EST UN BEAU NA !

TANDIS QU'UN BANQUET DE 14 000 COUVERTS EST SERVI (IL AVAIT ÉTÉ PRÉVU POUR 13 000, MAIS LES ÉGYPTIENS SONT SUPERSTITIEUX)...
VOUS M'AVEZ SAUVÉ LA VIE ET VOUS M'AVEZ APPRIS MON MÉTIER... MON OR VOUS APPARTIENT !
MAIS NON, MAIS NON, CE FUT UN PLAISIR... QUE VAS-TU FAIRE MAINTENANT ?

JE ME SUIS RÉCONCILIÉ AVEC AMONBOFIS...
... À NOUS DEUX, NOUS CONSTRUIRONS LES PLUS BELLES ET LES PLUS POINTUES DES PYRAMIDES !

PLUS TARD, CHEZ CLÉOPÂTRE...
NOTRE TRAVAIL ÉTANT TERMINÉ, NOUS VENONS PRENDRE CONGÉ, Ô REINE.
CE NEZ...
VOUS AVEZ ÉTÉ PRODIGIEUX, GAULOIS, ET VOUS AVEZ DROIT À TOUTE LA GRATITUDE DE LA REINE ENTRE LES REINES : MOI.

JE T'OFFRE, Ô DRUIDE, DES MANUSCRITS PRÉCIEUX CHOISIS DANS MA BIBLIOTHÈQUE D'ALEXANDRIE...
VOTRE NEZ... HEU... VOTRE MAJESTÉ EST TROP BONNE, PAR BÉLÉNOS...

QUEL NEZ !
CELA ME SEMBLE BIEN PEU POUR L'AIDE QUE VOUS M'AVEZ APPORTÉE... JE NE SAIS COMMENT VOUS REMERCIER...
TOUJOURS À VOTRE SERVICE... ET SI UN JOUR VOUS AVEZ ENVIE DE CONSTRUIRE AUTRE CHOSE EN ÉGYPTE, UN CANAL ENTRE LA MER ROUGE ET LA MÉDITERRANÉE, PAR EXEMPLE...

...EH BIEN, FAITES APPEL À QUELQU'UN DE CHEZ NOUS, PAR TOUTATIS !...

PEU APRÈS...
C'EST GENTIL À CLÉOPÂTRE DE NOUS OFFRIR SA GALÈRE PERSONNELLE POUR NOUS RAMENER EN GAULE...

...ET LE COMMANDANT DE LA GALÈRE DONNE L'ORDRE DE DÉPART...
DING ! DING !

DING ! DING !
BOUM !
* EN AVANT, TOUTE !

TU CROIS QUE NOUS RENCONTRERONS LES PIRATES, ASTÉRIX ?
JE NE SAIS PAS, OBÉLIX, MAIS J'AI L'IMPRESSION QU'ILS NE SONT PAS LOIN !

EN EFFET, À FOND DE CALE...
J'AI DÛ ACCEPTER CE TRAVAIL POUR PAYER MON DERNIER BATEAU, MAIS DÈS QUE JE POURRAI M'EN ACHETER UN AUTRE, JE LES RETROUVERAI, CES MAUDITS GAULOIS !
43

APRÈS PLUSIEURS SEMAINES D'UNE LUXUEUSE CROISIÈRE...
SCROTCH!
SCROTCH!

... C'EST ENFIN...

UNE GALÈRE !!! ASTÉRIX, OBÉLIX ET PANORAMIX SONT DE RETOUR !

JE VAIS PRÉPARER UN PETIT CHANT, ET...

LE VILLAGE GAULOIS ACCUEILLE SES HÉROS AVEC SON ENTHOUSIASME ET SON BANQUET HABITUELS...
...ET C'EST IDÉFIX QUI A TOUT FAIT !
UN NEZ, MON CHER... UN NEZ !

ET DANS LES JOURS QUI SUIVENT, TOUT LE MONDE EST HEUREUX... ENFIN, PRESQUE TOUT LE MONDE.
NON OBÉLIX, NON !

... JE N'AIME PAS LA NOUVELLE FORME QUE TU DONNES À TES MENHIRS !... RESTONS GAULOIS !
FIN
DE L'ÉPISODE
UDERZO

TCHAC!!

ILS SONT FOUS
CES ROMAINS!